LA ORUGA MUY HAMBRIENTA

Eric Carle

PHILOMEL BOOKS

Spanish language edition copyright © 1989 by Eric Carle Crop.
Published by Philomel Books, a division of The Putnam & Grosset Group,
200 Madison Avenue, New York, NY 10016. Published simultaneously in
Canada. First published in the English language in 1969 by The World
Publishing Company, Cleveland and New York. All rights reserved.
No part of this book may be reproduced in any form without written
permission from the publisher, except for brief passages in a review.
Printed and bound in Singapore by Tien Wah Press.
Translated by The Spanish Institute, Inc.,
under the direction of Linda Wine-Duhalde
L.C. number: 88-63371   ISBN 0-399-21933-1
(La Oruga Muy Hambrienta) (The Very Hungry Caterpillar)
Fourth impression (of Philomel's Spanish edition)

Para mi hermana Christa

Bajo la luz de la luna,
encima de una hoja,
había un huevecillo.

Un domingo por la mañana, el sol caliente salió y; pum! del huevecillo una oruga pequeñita y muy hambrienta salió.

Él empezó a buscar comida.

El Jueves
se comió a través
de cuatro fresas,
pero todavía
tenía hambre.

El Viernes
se comió a través
de cinco naranjas,
pero todavía
tenía hambre.

El Sábado
se comió
un pedazo de
pastel de chocolate,
un barquillo de helado, un pepino, una rebanada de queso suizo, una rebanada de salame,

una paleta, un pedazo de pastel, una salchicha, un panquecito, y un pedazo de sandía.

Esa noche tenía un dolor de estómago.

El día siguiente
fue Domingo otra vez.
La oruga se comió
una hoja verde buena
y después se sintió
mucho mejor.

Ahora ya no tenia hambre—y ya no era una pequeña oruguita.
Era una orugota grande y gorda.

Se construyó una casita, llamada capullo, alrededor de él. Se quedó adentro por más de dos semanas. Luego mordisqueó un hoyo en el capullo, se salió a empujones y…..

era una hermosa mariposa!